8

ARISTOPHANE

LYSISTRATA

TRADUCTION DE RAOUL VEZE

ÉDITION ILLUSTRÉE DE DESSINS AQUARELLÉS

DE

CARLÈGLE

LE LIVRE DU BIBLIOPHILE

GEORGES BRIFFAUT, ÉDITEUR

4, RUE DE FURSTENBERG

PARIS

LYSISTRATA

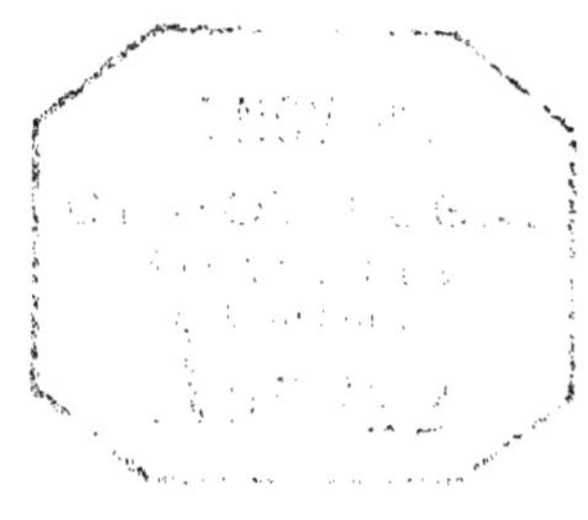

JUSTIFICATION DU TIRAGE

VINGT EXEMPLAIRES SUR JAPON ANCIEN, CONTENANT UN DESSIN ORIGINAL ET UNE SUITE DE DOUZE BOIS ORIGINAUX DE L'ARTISTE, UNE SUITE EN COULEURS ET UNE SUITE EN NOIR DES ILLUSTRATIONS, ET DES ESSAIS DE GRAVURES SUR BOIS DE G. AUBERT.

NUMÉROTÉS DE 1 A 20.

QUARANTE EXEMPLAIRES SUR JAPON IMPÉRIAL CONTENANT UNE SUITE EN NOIR ET DOUZE BOIS ORIGINAUX DE L'ARTISTE.

NUMÉROTES DE 21 A 60.

SEPT CENT QUATRE-VINGT-DIX EXEMPLAIRES SUR VÉLIN D'ARCHES CONTENANT LES FAC-SIMILÉS DES DESSINS COLORIÉS.

NUMÉROTÉS DE 61 A 850.

EXEMPLAIRE N°

ARISTOPHANE

LYSISTRATA

TRADUCTION DE RAOUL VEZE

ÉDITION ILLUSTRÉE DE DESSINS AQUARELLÉS

DE

CARLÈGLE

LE LIVRE DU BIBLIOPHILE

GEORGES BRIFFAUT, ÉDITEUR

4, RUE DE FURSTENBERG

PARIS

PERSONNAGES

LYSISTRATA, CALONICE, MYRRHINE,
LAMPITO,
CHŒUR DE VIEILLARDS, CHŒUR DE FEMMES,
STRATYLLIS,
UN MAGISTRAT DE POLICE, DES FEMMES,
CINÉSIAS, MARI DE MYRRHINE,
L'ENFANT DE CINÉSIAS ET DE MYRRHINE,
UN HÉRAUT DE LACÉDÉMONE,
AMBASSADEURS DE LACÉDÉMONE,
DES PROMENEURS,
UN ESCLAVE, UN ATHÉNIEN,
ARCHERS.

LYSISTRATA

AH! si on avait convoqué les femmes au temple de Dionysos ou aux fêtes de Pan, de Vénus Coliade ou de Vénus Génétyllis, elles seraient venues en si grand nombre avec leurs tambourins phrygiens, pour célébrer l'orgie, qu'on ne pourrait plus circuler. Mais aujourd'hui, qu'il s'agit de choses sérieuses, pas encore une femme. Si pourtant, voici ma voisine qui sort de chez elle. Bonjour, Calonice.

CALONICE

Bonjour, Lysistrata. Pourquoi es-tu ainsi troublée? Déride ton front, amie très chère! Les sourcils froncés, ça ne te va pas.

LYSISTRATA

J'ai le cœur gros, Calonice, et je suis bien honteuse de notre sexe. Les hommes ont beau prétendre que nous sommes rusées...

CALONICE

Mais ils ont bien raison, par Zeus.

LYSISTRATA

Ah! oui, j'ai fait savoir aux femmes qu'il fallait se réunir ici pour délibérer sur de graves questions; elles dorment au lieu de venir.

CALONICE

Elles viendront, ma chérie, elles viendront. Tu sais bien que les femmes ne peuvent pas sortir à leur aise : l'une soigne son mari, l'autre secoue son esclave ou couche son enfant ou le lave, ou bien calme sa faim en lui donnant à téter.

LYSISTRATA

Elles devraient avoir des soucis plus graves.

CALONICE

Mais pourquoi donc, ma chère Lysistrata, nous as-tu convoquées? De quoi s'agit-il? Est-ce une grosse affaire?

LYSISTRATA

Oui, c'est une grande affaire.

CALONICE

Une grande affaire? et grosse aussi?

LYSISTRATA

Oui, par Zeus, une affaire très grosse.

CALONICE

Alors, comment se fait-il que nous ne soyons pas toutes là?

LYSISTRATA

Si c'était la grosse affaire que tu crois, elles n'auraient pas manqué d'accourir toutes, et bien vite. Mais non, il s'agit d'une chose que j'ai examinée et retournée dans tous les sens pendant de longues veilles.

CALONICE

Ce doit être une chose bien menue pour qu'il faille ainsi la retourner dans tous les sens avant d'en tirer quelque chose.

LYSISTRATA

Tellement menue que le salut de toute la Grèce est entre les mains des femmes.

CALONICE

Des femmes? Alors ce doit être bien peu de chose.

LYSISTRATA

Il dépend pourtant de nous de sauver la République, d'exterminer tous les ennemis, aussi bien les Péloponésiens...

CALONICE

Bravo!

LYSISTRATA

... que tous les Béotiens.

CALONICE

Pas tous, de grâce, épargne les bonnes anguilles du lac Copaïs.

LYSISTRATA

Cette menace ne vise pas les Athéniens, tu peux m'en croire. Mais si les femmes de Béotie et du Péloponèse viennent à nous, les Athéniennes, avec leur aide, nous sauverons la Grèce.

CALONICE

Comment veux-tu que les femmes puissent faire quelque chose d'aussi sensé et d'aussi glorieux? Tu sais bien qu'elles se préoccupent surtout de leurs parures : des tuniques de soie jaune, des manteaux flottants, sans ceinture, des brodequins élégants, voilà ce qui les intéresse.

LYSISTRATA

Eh bien! précisément, c'est là ce qui, je l'espère, nous sauvera : les robes jaunes, les parfums, les brodequins, les fards et les tuniques transparentes.

CALONICE

Comment donc?

LYSISTRATA

Il faut que nul homme vivant ne consente à se servir de la lance contre son semblable...

CALONICE

Oh! par les deux déesses, alors, je vais m'occuper de faire teindre une robe en jaune.

LYSISTRATA

Non plus que du bouclier...

CALONICE

Je vais revêtir une robe flottante.

LYSISTRATA

... Ni de l'épée.

CALONICE

Je vais acheter des brodequins.

LYSISTRATA

Crois-tu maintenant que les femmes auraient bien fait de répondre à mon appel?

CALONICE

Certes, elles auraient dû venir à tire-d'aile.

LYSISTRATA

Hélas! hélas! tu verras, comme de vraies Athéniennes, elles viendront trop tard... Pas une femme du littoral, pas une de Salamine.

CALONICE

Je suis sûre pourtant que de très bonne heure elles ont fait du bateau, les jambes écartées.

LYSISTRATA

Les Acharniennes même ne sont pas venues; et je m'imaginais qu'elles seraient ici les premières.

CALONICE

La femme de Théagène se disposait pourtant à venir par ici, puisque, la superstitieuse, elle a consulté la statue d'Hécate. Mais en voici qui arrivent, et encore d'autres. Tiens, tiens, d'où sont-elles?

LYSISTRATA

D'Anagyre.

CALONICE

Tu as raison. On dirait qu'Anagyre s'est levée en masse.

MYRRHINE

Sommes-nous en retard, Lysistrata? Tu ne me réponds même pas?

LYSISTRATA

Je ne te fais pas mes compliments, Myrrhine, d'arriver si tard, alors qu'il s'agit de choses si graves.

MYRRHINE

Je ne pouvais, dans l'obscurité, trouver une ceinture. Mais si la chose presse, parle, nous t'écoutons.

LYSISTRATA

Attendons encore un peu, les femmes de Béotie et du Péloponèse vont peut-être venir.

MYRRHINE

Oui, oui... Justement, voici Lampito qui s'amène.

LYSISTRATA

Bonjour, Lampito, Lacédémonienne chérie, que tu es belle, quel charme! Ces belles couleurs... ce corps vigoureux! Tu étranglerais un taureau.

LAMPITO

Mais certainement. Ah! c'est que j'assouplis mon corps, je fais de la gymnastique; j'arrive même à me donner, en sautant, des coups de pied au derrière.

LYSISTRATA

Oh! que tu as de beaux tétons!

LAMPITO

Tu les tâtes comme on ferait à une victime, pour voir si elle est assez grasse...

LYSISTRATA

Et cette jeune femme, de quel pays est-elle?

LAMPITO

Oh! oh! c'est une Béotienne de haut rang.

LYSISTRATA

Par Zeus, ma chère Béotienne, tu ressembles à un beau jardin.

CALONICE

Oui, oui, un jardin très soigné et bien épilé.

LYSISTRATA

Et cette autre jeune fille?

LAMPITO

C'est une bonne partenaire, elle est de Corinthe.

LYSISTRATA

Oui, une bonne recrue pour l'amour, comme on l'est à Corinthe.

LAMPITO

Eh bien, qui a convoqué les femmes à cette réunion?

LYSISTRATA

C'est moi.

LAMPITO

Dis-nous ce que tu veux.

LYSISTRATA

Voici, ma chérie.

MYRRHINE

Nous allons, enfin, savoir de quelle affaire sérieuse il s'agit.

LYSISTRATA

Je vais vous le dire. Mais d'abord laissez-moi vous poser une seule question.

MYRRHINE

A ton aise.

LYSISTRATA

Les pères de vos enfants, ne regrettez-vous pas qu'ils soient loin de vous, à l'armée? Je crois bien que pas une de vous n'a son mari auprès d'elle.

CALONICE

Misère! voilà cinq mois que mon mari est en Thrace à surveiller Eucrate, le général, de peur qu'il passe à l'ennemi.

LYSISTRATA

Le mien est depuis sept mois à Pylos.

LAMPITO

Et le mien, quand par hasard il revient de l'armée, est à peine arrivé qu'il rattache bien vite son bouclier et s'envole.

LYSISTRATA

Et avec ça, il ne reste pas l'ombre d'un amant. Depuis le jour où les Milésiens nous ont trahies, je n'ai même pas aperçu un de ces priapes en cuir, de huit doigts de long, que les femmes de Milet nous fournissaient pour tenir lieu des hommes. Eh bien, si j'ai trouvé un moyen de mettre fin à la guerre, êtes-vous disposées à me seconder?

MYRRHINE

J'en fais le serment par les déesses, dussé-je mettre en gage la ceinture que je porte, et le même jour dépenser tout cet argent à boire.

CALONICE

Et moi, je suis prête à me laisser aplatir comme un turbot, et même à donner la moitié de moi-même.

LAMPITO

Pour moi, je monterais jusqu'au sommet du Taygète, si je devais y apercevoir la Paix.

LYSISTRATA

Alors, je vais parler, je ne tairai plus rien de mon projet. Eh bien, mes amies, si nous voulons obliger nos maris à faire la paix, il faut renoncer...

MYRRHINE

A quoi? dis.

LYSISTRATA

Vous le ferez?

MYRRHINE

Oui, même au prix de notre vie.

LYSISTRATA

Eh bien, il nous faut renoncer à faire l'amour. Pourquoi vous détournez-vous de moi? Où allez-vous? Vous êtes là à mordiller vos lèvres, à secouer la tête; vous changez de couleur... vous pleurez... Le ferez-vous, oui ou non? A quoi pensez-vous?

MYRRHINE

La guerre peut durer, je ne le ferai pas.

CALONICE

Moi non plus, certes, même si la guerre s'éternise.

LYSISTRATA

C'est ainsi que tu parles, toi le turbot? Tu disais tout à l'heure que tu te laisserais couper en deux.

CALONICE

Tout ce que tu voudras, mais pas ça; s'il le faut, je me jetterai au feu. Mais me priver de faire l'amour, la meilleure chose au monde, cela jamais, ma Lysistrata chérie.

LYSISTRATA

Et toi, Myrrhine?

MYRRHINE

Je préfère, moi aussi, le feu.

LYSISTRATA

Oh! nous sommes bien le sexe débauché. Ce n'est pas sans raison que les poètes tragiques nous mettent en scène : nous ne sommes pas bonnes à autre chose qu'à faire l'amour. Mais toi, ma chère Lacédémonienne, laisse-toi convaincre; même si tu es seule de mon avis, nous pourrons encore sauver la situation.

LAMPITO

Par les déesses, c'est dur pour une femme de s'endormir seule, sans avoir une belle nature à caresser. Et pourtant, il faut s'y résoudre : la paix avant tout et par-dessus tout.

LYSISTRATA

O ma grande chérie, seule de toutes, tu es une vraie femme!

CALONICE

Mais si nous renoncions complètement à ce que tu dis — aux dieux ne plaise! — la paix en serait-elle plus sûre?

LYSISTRATA

Tout à fait, j'en atteste les déesses. Si nous restons enfermées, bien enduites de fard, toutes nues sous des tuniques transparentes d'Amorgos, laissant entrevoir notre sexe épilé, les hommes tourmentés de désirs voudront se jeter sur nous. Mais si nous savons rester maîtresses de nos sens ; si, après avoir excité nos maris, nous ne leur cédons pas, je suis bien certaine qu'ils demanderont vite la paix.

LAMPITO

Oui, oui, Ménélas lui-même, jadis, pour avoir vu tout nus les seins d'Hélène, jeta au loin son épée, se refusant dorénavant à combattre.

CALONICE

Oui, mais misère de nous si nos hommes nous plantent là !

LYSISTRATA

Eh bien, nous ferons comme Phérécrate, l'auteur dramatique, « nous écorcherons un chien écorché », nous aurons recours au priape en cuir.

CALONICE

Ce ne sont là que plaisanteries et simulacres. Mais si nos hommes se jettent sur nous et nous entraînent de force au lit ?

LYSISTRATA

Nous nous accrocherons aux portes et nous résisterons.

CALONICE

Et s'ils nous battent?

LYSISTRATA

Alors nous ferons semblant de céder. Ils n'éprouvent aucune jouissance dans un baiser pris de force. Nous pouvons, d'ailleurs, les tourmenter de mille manières. Soyez tranquilles, ils se lasseront vite, car jamais un homme ne ressent du plaisir en jouant avec une femme qui reste insensible et froide.

CALONICE

Eh bien, devant ton assurance, nous consentons.

LAMPITO

Et nous aussi nous convaincrons nos maris qu'ils doivent conclure la paix de bonne foi. Mais ce ramassis, cette populace d'Athènes, qui pourra l'empêcher de déraisonner?

LYSISTRATA

N'aie aucune inquiétude; nous nous chargeons de convertir les nôtres.

LAMPITO

Vous aurez du mal, ils sont toqués avec leurs trirèmes, et puis ils sont forts de l'immense trésor de guerre qu'ils conservent dans le temple de la déesse Athéna.

LYSISTRATA

Je le sais, j'ai pris mes précautions. Aujourd'hui même, nous occuperons la citadelle. Tandis que nous délibérons ici, les femmes d'âge plus avancé ont reçu la mission de pénétrer dans la citadelle, sous prétexte d'offrir des sacrifices.

LAMPITO

Très bien; tu as parfaitement parlé.

LYSISTRATA

Veux-tu, Lampito, que nous confirmions par un serment les décisions prises, pour les rendre indissolubles?

LAMPITO

Soit, propose-nous une formule de serment, nous jurerons.

LYSISTRATA

Volontiers. Où est la femme scythe, notre huissière? Qu'as-tu à regarder en l'air? Allons, place sous nos yeux ce bouclier renversé, et apporte-moi les victimes.

MYRRHINE

Comment vas-tu nous faire prêter serment, Lysistrata?

LYSISTRATA

Mais sur un bouclier, comme on le fait dans Eschyle, après avoir immolé une brebis.

MYRRHINE

Oh! non, je t'en prie, ma chère Lysistrata, non, pas sur un bouclier : il s'agit de la paix.

LYSISTRATA

Alors, sur quoi?

MYRRHINE

Si nous immolions un cheval blanc, symbole de notre habileté à chevaucher? Nous prononcerions le serment sur ses entrailles.

LYSISTRATA

Un cheval blanc? Mais où le trouver?

MYRRHINE

Comment donc jurerons-nous?

LYSISTRATA

Voici. Prenons une grande coupe noire, immolons-y une outre de ce bon vin de Thasos, et nous prononcerons sur cette coupe le serment de n'y pas verser une goutte d'eau.

LAMPITO

Bons dieux! quel serment! il me va joliment.

LYSISTRATA

Apportez-moi donc une coupe et une outre de vin.

CALONICE

O mes amies très chères, qu'il est grand ce vase d'argile! Certes, celle qui le videra aura de quoi se réjouir.

LYSISTRATA

Pose-le là et donne-moi l'objet du sacrifice. O déesse de la Persuasion, et toi, coupe de l'amitié, recevez ce sacrifice et soyez propices aux femmes!

CALONICE

Le sang est d'une belle couleur, il présage de la joie.

LAMPITO

Et puis, par Castor, il répand une odeur exquise.

LYSISTRATA

Permettez, mes amies, que je prête serment la première.

CALONICE

Non, par Aphrodite, le sort en décidera.

LYSISTRATA

Eh bien, Lampito, et vous toutes, posez la main sur cette coupe; l'une de vous, au nom des autres, répètera les paroles que je vais prononcer. Ainsi, vous ferez toutes le même serment, et vous en assurerez l'exécution.

« Nul homme ne me touchera, ni amant, ni époux... »

CALONICE

« Nul homme ne me touchera, ni amant, ni époux... »

LYSISTRATA

« Qui viendra vers moi, les nerfs tendus... » Répète.

CALONICE

« Qui viendra vers moi, les nerfs tendus... » Hélas! mes genoux fléchissent, Lysistrata.

LYSISTRATA

« Je vivrai chaste à la maison... »

CALONICE

« Je vivrai chaste à la maison... »

LYSISTRATA

« Vêtue d'une tunique transparente, et parée avec recherche... »

CALONICE

« Vêtue d'une tunique transparente, et parée avec recherche... »

LYSISTRATA

« Afin que mon homme ait une grosse envie de mes baisers... »

CALONICE

« Afin que mon homme ait une grosse envie de mes baisers... »

LYSISTRATA

« Et je ne lui céderai jamais de bon gré... »

CALONICE

« Et je ne lui céderai jamais de bon gré... »

LYSISTRATA

« Mais s'il veut me prendre de force... »

CALONICE

« Mais s'il veut me prendre de force... »

LYSISTRATA

« Je me livrerai de mauvaise grâce, et je ne ferai pas le moindre mouvement... »

CALONICE

« Je me livrerai de mauvaise grâce, et je ne ferai pas le moindre mouvement... »

LYSISTRATA

« Je ne lèverai pas les jambes en l'air... »

CALONICE

« Je ne lèverai pas les jambes en l'air... »

LYSISTRATA

« Je ne m'accroupirai pas comme la figure de lionne qu'on voit sur les manches de couteau... »

CALONICE

« Je ne m'accroupirai pas comme la figure de lionne qu'on voit sur les manches de couteau... »

LYSISTRATA

« Si je tiens mon serment, qu'il me soit permis de boire à cette coupe... »

CALONICE

« Si je tiens mon serment, qu'il me soit permis de boire à cette coupe... »

LYSISTRATA

« Mais si je me parjure, que la coupe se remplisse d'eau... »

CALONICE

« Mais si je me parjure, que la coupe se remplisse d'eau... »

LYSISTRATA

Vous toutes, jurez-vous d'être fidèles à cette parole?

MYRRHINE

Oui, par Zeus!

LYSISTRATA

Bien, alors je vais sacrifier la victime. (Elle boit.)

CALONICE

Ne bois pas tout, chérie; à notre tour, et scellons ainsi entre nous le pacte d'amitié.

LAMPITO

Quels sont ces cris?

LYSISTRATA

C'est l'affaire dont je vous ai parlé. Les femmes ont occupé la citadelle d'Athéna. Toi, Lampito, rentre chez toi, et prépare le complot. Laisse auprès de nous tes compagnes de Lacédémone comme otages. Quant à nous, allons nous enfermer avec les autres femmes dans la citadelle, et tirons bien les verrous.

CALONICE

Tu ne crois pas que nos hommes vont, sans tarder, venir à l'assaut?

LYSISTRATA

Peu nous importe. Quelles que soient leurs menaces, quelle que soit leur ardeur, ils ne sauraient franchir les portes avant d'avoir souscrit aux conditions que je vous ai fait connaître.

CALONICE

Sûrement, par Aphrodite; serait-ce à tort qu'on nous traiterait d'invincibles et d'endiablées?

CHŒUR DE VIEILLARDS

(Ils apportent des fagots pour mettre le feu aux portes de la citadelle.)

Avance, Dracès, va lentement; tu as mal à l'épaule, de porter un si lourd paquet de bois d'olivier. — Assurément, au cours d'une longue vie, bien des événements surviennent, inattendus; mais qui jamais eût pensé, Strymodore, que les femmes, cette peste élevée et nourrie à nos dépens, s'empareraient de la statue sacrée d'Athéna, occuperaient notre citadelle et en interdiraient l'entrée avec des barres et des verrous?

Hâtons-nous donc le plus possible, Philurge, allons placer autour des portes ces grosses branches, élevons un bûcher, et de nos propres mains, d'un seul cœur, mettons le feu pour les consumer toutes tant qu'elles sont, les misérables comploteuses, et surtout cette Lysistrata, femme de Lycon. Elles ne se moqueront pas de nous, tant que j'aurai un souffle de vie, j'en atteste Déméter. Cléomène lui-même, le roi de Sparte, qui jadis s'était emparé de la citadelle, s'en tira en laissant des plumes; bien qu'il eût l'arrogance des Lacédémoniens, il dut capituler après m'avoir livré ses armes. Il ne lui restait plus qu'un morceau de manteau usé, il était sale, immonde, hirsute, il ne s'était pas lavé depuis six ans. Je l'avais attaqué furieusement avec une armée rangée sur seize lignes, et je ne quittais jamais les postes, même pour dormir. Et je ne viendrais pas à bout, aujourd'hui, de l'audace impudente de ces femmes, qu'Euripide et tous les dieux eux-mêmes détestent! S'il en était ainsi, mes trophées ne resteraient pas plus longtemps dans la cité de Pallas.

Mais, pour atteindre au but, il reste à gravir cette pente qui monte à la citadelle; hâtons-nous, faisons un dernier effort pour porter tous ces bois là-haut sans l'aide même d'un âne. Ces crochets, qui maintiennent les fardeaux, meurtrissent nos épaules; mais il faut arriver et attiser le feu, prenons garde qu'il ne s'éteigne, faute d'attention, avant que nous soyons au bout.

(Il souffle.) Phu! Phu! Bons dieux, quelle fumée! O divin Hèraclès, elle s'échappe de ce vase avec une violence... On dirait qu'un chien enragé me mord les yeux. Ce feu est atroce, comme s'il venait de Lemnos, il me dévore les paupières. Cours à la citadelle, Lachès, donne ton aide à la déesse Athéna. Jamais nous n'aurons l'occasion de lui être plus secourables. Phu! Phu! Bons dieux, quelle fumée!

Ah! voici que le feu s'éveille et vit, les dieux sont avec nous. Allons, déposons ici nos paquets, jetons dans le vase des ceps de vigne, mettons-y le feu, et lançons-le contre la porte de la citadelle, comme un bélier. Si les femmes, lorsque nous les aurons sommées de se rendre, n'ouvrent pas les portes, il faudra tout incendier et les enfumer. Allons, déposons les fardeaux. Ah! la la! quelle fumée! Pouah! Lequel, parmi les chefs de la démocrate Samos, nous portera secours et nous soulagera? Ouf! je me débarrasse enfin de ces bois. Quant à toi, réchaud, ravive les charbons pour que cette torche puisse s'y enflammer. O déesse de la Victoire, sois-nous favorable, permets-nous de réprimer l'audace de ces femmes qui occupent la citadelle, et de dresser là-haut notre trophée.

CHŒUR DE FEMMES

(Elles apportent de l'eau.)

Il me semble apercevoir de la flamme et de la fumée, c'est un incendie, mes amies. Hâtons-nous, hâtons-nous.

Vole, vole, Nicodice, ne laisse pas brûler Calyce et Critylle, qui vont être étouffées par ces vieillards sans cœur, exécuteurs de lois impitoyables. Mais j'ai peur d'arriver trop tard. Dès la pointe du jour, je suis allée à la fontaine remplir ce vase, non sans peine, au milieu de la foule, du tumulte et du bruit des cruches, bousculée par les servantes et les esclaves marquées du stigmate. Vite, j'ai enlevé mon urne pleine, et j'accours enfin pour porter de l'eau à mes compagnes qui risquent d'être brûlées vives. J'ai entendu dire que des vieillards, proches de la tombe, apportaient des bûches du poids de trois talents au moins, comme s'ils voulaient faire chauffer un bain. Ils venaient ici à grand fracas, prononçant d'abominables menaces, disant qu'ils allaient incinérer ces scélérates de femmes. Mais n'est-ce pas, ô déesse, que je ne verrai jamais commettre ce crime, et que bien plutôt, grâce à elles, Athènes et la Grèce seront délivrées de leur furie guerrière?

C'est pour cela, Pallas au casque d'or reluisant, protectrice de la ville, que les femmes ont envahi ton temple. Viens à notre aide, fille de Jupiter, et si quelqu'un veut nous incendier, apporte-nous de l'eau.

STRATYLLIS (se défendant contre les vieillards).

Oh! laissez-moi, ignobles individus! Eh quoi! des êtres honnêtes et pieux agiraient-ils ainsi?

CHŒUR DE VIEILLARDS

Voici du nouveau : une troupe de femmes interdit l'entrée des portes.

CHŒUR DE FEMMES

Ah! ah! vous tremblez? Vous nous trouvez trop nombreuses? Encore ne voyez-vous que la dix-millième partie de notre armée.

CHŒUR DE VIEILLARDS

Phédria, allons-nous les laisser coasser si fort? Ne leur briserons-nous pas un bâton sur les fesses?

CHŒUR DE FEMMES

Posons à terre nos cruches; elles nous gêneraient si quelqu'un voulait porter la main sur nous.

CHŒUR DE VIEILLARDS

Par Zeus! Appliquez donc deux ou trois coups de massue sur leurs mâchoires, comme le poète satirique Hipponax faisait au sculpteur Boupalos, qui l'avait ridiculisé... Elles fermeront le bec.

CHŒUR DE FEMMES

Viens-y donc, je t'attends, la bouche ouverte; et jamais une chienne ne t'aura aussi fort mordu les testicules.

CHŒUR DE VIEILLARDS

Tais-toi, ou mon bâton va t'empêcher de vieillir.

CHŒUR DE FEMMES

Ose donc approcher, essaie de toucher du doigt Stratyllis.

CHŒUR DE VIEILLARDS

Et si je l'assomme à coups de poing, que me feras-tu?

CHŒUR DE FEMMES

Je te mordrai les poumons et je t'arracherai les entrailles par lambeaux.

CHŒUR DE VIEILLARDS

Nul poète n'est plus clairvoyant qu'Euripide! Il n'est pas, a-t-il dit, animal plus impudent que la femme.

CHŒUR DE FEMMES

Emportons nos cruches pleines d'eau, Rhodippe, pour éteindre l'incendie.

CHŒUR DE VIEILLARDS

Qu'es-tu venue faire ici avec de l'eau, femme odieuse aux divinités?

CHŒUR DE FEMMES

Et toi, que viens-tu faire ici avec du feu, vieux sépulcre ambulant? Est-ce pour t'incinérer?

CHŒUR DE VIEILLARDS

Je vais élever un bûcher pour faire cuire tes compagnes.

CHŒUR DE FEMMES

Et moi je jetterai de l'eau pour éteindre ton bûcher.

CHŒUR DE VIEILLARDS

Éteindre mon feu, toi!

CHŒUR DE FEMMES

Tu vas voir.

CHŒUR DE VIEILLARDS

Je ne sais ce qui me retient de te griller tout de suite avec cette torche.

CHŒUR DE FEMMES

Je vais t'offrir un bain pour te nettoyer.

CHŒUR DE VIEILLARDS

Toi, un bain, vieille dégoûtante!

CHŒUR DE FEMMES

Oui, un bain nuptial.

CHŒUR DE VIEILLARDS

Voyez-vous ce toupet?

CHŒUR DE FEMMES

Je suis une femme libre, moi.

CHŒUR DE VIEILLARDS

Je vais faire taire tes cris.

CHŒUR DE FEMMES

Prends garde, tu ne siégeras plus bien longtemps au tribunal des héliastes.

CHŒUR DE VIEILLARDS

Brûle-lui les cheveux.

CHŒUR DE FEMMES

A nous l'eau de l'Achéloüs. Tiens! (Elles jettent de l'eau sur les vieillards.)

CHŒUR DE VIEILLARDS

Oh! misère! misère!

CHŒUR DE FEMMES

Était-elle chaude?

CHŒUR DE VIEILLARDS

Ah! oui, chaude! As-tu fini? Assez!

CHŒUR DE FEMMES

Je t'arrose pour que tu pousses.

CHŒUR DE VIEILLARDS

Mais je suis sec comme un vieux champ. Me voici engourdi de froid.

CHŒUR DE FEMMES

Eh bien, puisque tu as du feu, tu vas te réchauffer.

UN MAGISTRAT DE POLICE

L'arrogance des femmes a suffisamment duré; elles ont assez gratté les tambourins. Voici assez longtemps qu'elles célèbrent les fêtes de Dionysos et qu'elles pleurent, sur les terrasses de leurs maisons, la mort du bel Adonis. A l'assemblée où j'étais l'autre jour, je les entendais. Démostrate, cet orateur funeste qui mérite la mort, disait qu'il fallait faire voile vers la Sicile, et sa femme psalmodiait en dansant : « Hélas! Adonis! » Pendant ce temps, Démostrate répétait qu'il fallait lever des hoplites dans l'île de Zacynthe, alliée d'Athènes, et sa femme, à demi ivre, chantait sur sa terrasse : « Pleurez Adonis! » et de toutes ses forces il clamait, cet odieux, cet infâme Démostrate, si bien dénommé « bœuf d'attelage ». Oh! quel atroce libertinage!

CHŒUR DE VIEILLARDS

Que dirais-tu si tu entendais leurs propos insolents? Après nous avoir abreuvés d'outrages, elles viennent de nous asperger avec l'eau de leurs cruches, et nos habits sont dans un état ignoble, comme si nous avions pissé dedans.

LE MAGISTRAT

C'est bien fait, j'en atteste Poseidon, le dieu des mers. Nous sommes tous responsables de la perversité

des femmes, c'est nous qui leur enseignons la débauche. Et voilà pourquoi elles trouvent bon de se poser en maîtresses-conseillères. Vous savez bien ce qu'il en est. Un mari entre dans la boutique d'un joaillier pour lui dire : « Ce collier, que tu as monté pour ma femme, l'autre soir pendant qu'elle dansait, le gland de métal qui le fermait est tombé. Il faut que j'aille à Salamine; dès que tu auras le temps, viens vers le soir et, de toute façon, remets-lui ce gland. » Un autre va dire au cordonnier, un jeune gaillard, pourvu d'appendices virils qui ne sont pas ceux d'un enfant : « La courroie d'un brodequin écrase le petit doigt du pied de ma femme, qui est très sensible; viens donc vers midi, tu l'élargiras pour qu'elle soit plus à son aise. » Et voilà le résultat : moi, un magistrat, au moment où j'ai besoin d'argent pour payer des rameurs que j'ai embauchés, je trouve les portes de la citadelle barrées par les femmes. Mais il ne sert de rien de rester là à bavarder; qu'on m'apporte des barres de fer pour réprimer l'insolence des conspiratrices. Eh bien, toi, l'archer, tu as l'air idiot. Tu regardes de tous les côtés comme si tu cherchais un cabaret. Allons, approchez les barres des portes pour les enfoncer; je vais vous aider.

LYSISTRATA

N'enfoncez rien, je sors, je viens à vous. Pourquoi des barres de fer? Ce n'est pas cela qu'il faut, mais du bon sens.

LE MAGISTRAT

Te voilà, la plus coquine des femmes! Où est l'archer? Qu'on la saisisse et qu'on lui lie les mains dans le dos.

LYSISTRATA

J'en atteste Artémis, le premier qui portera la main sur moi, fût-il agent de la force publique, il lui en cuira.

LE MAGISTRAT (à l'archer).

Comment, tu as peur? Allons, saisis-la à plein corps; et toi, l'autre, aide-le, vite, qu'on enchaîne cette femme.

STRATYLLIS

J'en fais le serment par Pandrose, si quelqu'un porte la main sur Lysistrata, je l'étrille dur, et je lui fais rendre les entrailles.

LE MAGISTRAT

Prends garde, nous pourrions bien vider les tiennes. Où est l'autre archer? Empare-toi d'abord de cette Stratyllis, qui s'est mêlée de prendre la parole.

MYRRHINE

Par Artémis, la déesse qui éclaire les cieux, si tu touches cette femme du doigt, tu peux faire préparer des ventouses pour te soigner.

LE MAGISTRAT

De quoi? Où est l'autre archer? Empoigne-moi cette femme. Pas une de vous ne sortira d'ici.

UNE FEMME

J'en atteste Artémis au char attelé de taureaux, si tu approches de cette femme, je t'arrache les cheveux; tu auras beau crier...

LE MAGISTRAT

Hélas! misère! l'archer me lâche. Mais nous ne pouvons pourtant pas céder devant cette engeance. Tombez dessus en rangs serrés, les policiers scythes.

LYSISTRATA

Par les déesses, essayez donc, et vous trouverez auprès de nous quatre cohortes de femmes prêtes à combattre, sérieusement armées.

LE MAGISTRAT

Allez, les Scythes, garrottez-les.

LYSISTRATA

A moi, vite, mes braves compagnes; sortez, vous qui vendez au marché des grains, des pois et des légumes; vous, les cabaretières, les marchandes d'ail, les boulangères, tirez, frappez, massacrez, invectivez, allez-y effrontément, tapez dur... Ça suffit, retirez-vous, pas de pillage, pas de viol.

LE MAGISTRAT

Misère de moi! Ça a mal tourné pour mes archers.

LYSISTRATA

A quoi pensais-tu? Tu croyais avoir affaire à des esclaves? Ignorais-tu ce qu'est la fureur des femmes?

LE MAGISTRAT

Je la connais trop, leur fureur, par Apollon! surtout lorsqu'il s'agit d'aller au cabaret.

CHŒUR DE VIEILLARDS

O toi, magistrat de la cité, qui as en vain usé ta salive, pourquoi te commettre en un tournoi de discours avec ces méchantes bêtes? Tu ne sais donc pas quel bain elles ont fait prendre à nos habits tout à l'heure, et sans les lessiver encore?

CHŒUR DE FEMMES

Mais, mon pauvre vieux, il n'est pas bon de porter une main téméraire sur autrui; et si tu recommences, les yeux t'en cuiront. Je n'ai, moi, qu'une envie, rester tranquille comme une jeune fille, sans faire de mal à personne, sans bouger plus qu'un brin de paille. Mais il ne faut pas se risquer à enlever le miel à la ruche, la guêpe pique.

CHŒUR DE VIEILLARDS

O Zeus! qu'allons-nous faire à ces vilaines bêtes? C'est intolérable. Cherchons donc ensemble, puisqu'il le faut, la cause de cette lamentable aventure. Pourquoi ont-elles voulu occuper la citadelle, la forteresse inaccessible au haut du rocher, le temple sacré de la déesse? Interroge-les, discute avec elles, mais méfie-toi. Il serait honteux que, par notre négligence, nous laissions ce mystère inexpliqué.

LE MAGISTRAT

Eh bien, répondez d'abord, femmes, à cette question : Pourquoi avez-vous fermé aux verrous les portes de la citadelle ?

LYSISTRATA

C'est pour nous rendre maîtresses du trésor; vous ne pourrez ainsi vous en servir pour faire la guerre.

LE MAGISTRAT

C'est donc l'argent qui est la cause de la guerre?

LYSISTRATA

Oui, c'est lui qui cause tous nos malheurs. Pisandre, le capitaine-démagogue, et tous ceux qui ambitionnent les postes de magistrats, pour pouvoir piller l'État à leur aise, soulèvent à chaque instant des troubles. Maintenant, ils se tireront d'affaire comme ils pourront, mais ils ne toucheront plus à ce trésor.

LE MAGISTRAT

Que vas-tu donc faire?

LYSISTRATA

Tu me le demandes? C'est nous qui allons administrer ce trésor.

LE MAGISTRAT

Vous?

LYSISTRATA

Quoi d'étonnant? N'est-ce pas nous, à la maison, qui sommes chargées des dépenses du ménage?

LE MAGISTRAT

Ça n'est pas la même chose.

LYSISTRATA

Comment cela?

LE MAGISTRAT

C'est avec ce trésor que nous pouvions faire la guerre.

LYSISTRATA

Précisément, mais d'abord plus besoin de se battre.

LE MAGISTRAT

Comment ferons-nous donc pour nous défendre?

LYSISTRATA

C'est nous qui vous défendrons.

LE MAGISTRAT

Vous?

LYSISTRATA

Oui, nous.

LE MAGISTRAT

C'est révoltant.

LYSISTRATA

Il en sera ainsi, que vous le veuillez ou non.

LE MAGISTRAT

Mais c'est abominable, ce que tu dis.

LYSISTRATA

A quoi bon te fâcher? il faudra en passer par là.

LE MAGISTRAT

Par Déméter, c'est inique.

LYSISTRATA

C'est ton salut, mon cher.

LE MAGISTRAT

Et si je n'en veux pas?

LYSISTRATA

Alors, à plus forte raison.

LE MAGISTRAT

Mais quelle drôle d'idée, de vous occuper de la guerre et de la paix!

LYSISTRATA

Nous t'expliquerons tout cela.

LE MAGISTRAT

Dis vite, sinon...

LYSISTRATA

Eh bien, écoute, et pas de menaces, bas les pattes!

LE MAGISTRAT

Est-ce possible? Tu me mets en rage avec tes insanités.

UNE FEMME

Prends garde, tu n'as pas tout vu.

LE MAGISTRAT

As-tu fini de coasser, la petite vieille? Gare à ta tête. Mais toi, Lysistrata, explique...

LYSISTRATA

Voilà. Pendant toute la dernière guerre, nous sommes restées bien tranquilles, laissant faire nos hommes. Vous ne nous permettiez pas d'ailleurs de dire un mot. Non pas que ce silence nous fût agréable, nous savions bien ce qu'il en était. Nous entendions tenir de déplorables palabres sur de graves affaires. Mais nous dissimulions notre douleur; et, bien qu'irritées, c'est avec un sourire que nous vous demandions : « Dans le conseil d'aujourd'hui, qu'avez-vous décidé d'inscrire sur les colonnes? avez-vous voté la paix? — De quoi t'occupes-tu? répondait mon mari, tais-toi. » — Et je me taisais.

UNE FEMME

Moi, je ne me serais pas tue.

LE MAGISTRAT

Tu l'aurais payé cher.

LYSISTRATA

Moi, je me taisais. Et bientôt nous apprenions qu'une décision pire avait été prise; et alors d'interroger encore : « Mon chéri, pourquoi faites-vous de pareilles folies? » Mais mon mari me regardait de travers en laissant tomber ces mots : « Tisse ta toile, ou gare à ta figure : c'est aux hommes à s'occuper de la guerre. »

LE MAGISTRAT

Par Zeus, cet homme parlait joliment bien.

LYSISTRATA

Comment peux-tu dire, misérable? Nous ne sommes donc pas capables de vous donner des conseils, lorsque vous faites des sottises! Et puis nous vous entendions crier par les rues : « Il n'y a plus un seul homme de cœur à Athènes? — Non, plus un bon soldat », répondait un autre. Alors les femmes se sont décidées à faire cause commune pour sauver la Grèce. Pourquoi plus longtemps attendre? Vous n'avez qu'à nous écouter et à vous taire, c'est votre tour. Nous vous donnerons les plus sages conseils, et nous rétablirons les affaires.

LE MAGISTRAT

Vous? C'est insensé. C'est intolérable.

LYSISTRATA

Silence!

LE MAGISTRAT

C'est toi qui m'imposes silence, coquine! Et je céderais devant un être qui porte un voile sur la tête! Plutôt mourir.

LYSISTRATA

Si cela te gêne, tiens, voilà mon voile, mets-le sur la tête, et tais-toi. Prends aussi cette corbeille et croque des fèves... comme une femme. Ce sera notre affaire, de nous occuper de la guerre.

UN AUTRE CHŒUR DE FEMMES

Éloignez-vous des urnes, mes amies; à notre tour, nous allons porter secours à nos compagnes. Je ne me lasserai pas de danser, mes genoux ignorent la fatigue. Je veux être brave, aller au-devant du péril avec celles qui sont tout esprit, toute grâce, tout courage, toute sagesse, tout dévouement à la cité, toute prudence. Et toi, Lysistrata, la plus admirable des femmes, sois comme une petite mère ortie, ne te laisse pas faire, va de l'avant hardiment, pas de faiblesse, tu as bon vent dans les voiles.

LYSISTRATA

O doux Cupidon, et toi Aphrodite, déesse de Chypre, répands des attraits sur nos seins et sur nos cuisses. Et si les hommes ressentent, à nous voir, une ardeur érotique qui tende leurs sexes comme des barres, j'espère que bientôt nous mériterons d'être appelées par les Grecs des Lysimache, puisque nous mettrons fin à tous combats.

LE MAGISTRAT

Comment donc?

LYSISTRATA

Et d'abord nous veillerons à ce que vous ne couriez plus sur le marché comme des fous, en brandissant des armes.

UNE FEMME

Très bien, voilà comme vous aime Aphrodite de Paphos.

LYSISTRATA

Aujourd'hui, au milieu des marmites et des légumes, on voit les hommes se promener sur le marché, tout en armes, et se trémousser comme des Corybantes.

LE MAGISTRAT

Oui, certes, c'est ainsi qu'il convient à des braves.

LYSISTRATA

C'est tout à fait ridicule d'aller acheter des poissons en portant un bouclier à tête de gorgone.

UNE FEMME

Je me rappelle, par Zeus, avoir vu un homme aux grands cheveux, commandant de cavalerie, paradant à cheval, et jetant dans un casque d'airain des légumes qu'il achetait à une vieille; et puis un Thrace qui secouait un petit bouclier et un javelot, comme Térée dans la tragédie d'Euripide, pour terrifier une marchande de figues, tout en dévorant à belles dents les fruits mûrs.

LE MAGISTRAT

Et, dites-moi, comment pourrez-vous apaiser les troubles et établir la paix dans le pays?

LYSISTRATA

Très facilement.

LE MAGISTRAT

Mais comment, enfin, comment?

LYSISTRATA

Quand les fils de nos tissus sont enchevêtrés, nous les prenons en mains et nous les remettons en ordre. Nous ferons de même pour mettre fin à la guerre : si on nous laisse faire, nous enverrons de-ci, de-là, des ambassades pour débrouiller l'écheveau des affaires.

LE MAGISTRAT

Et vous pensez, folles, pouvoir apaiser les troubles et calmer les haines comme vous faites de la laine, des fils et des fuseaux?

LYSISTRATA

Précisément. S'il vous restait un peu de bon sens, vous prendriez exemple sur notre façon de tisser la laine pour administrer la République.

LE MAGISTRAT

Comment donc ?

LYSISTRATA

Eh bien, tout d'abord, comme nous jetons les laines à l'eau pour enlever les impuretés, vous devez purger la cité de ces parasites, de ces arrivistes, de ces ambitieux qui, pour parvenir à la magistrature, commettent toutes sortes d'indignités. Prenez-les brin à brin, cardez-moi tout cela, jetez dans la même corbeille étrangers ou pseudo-citoyens, et surtout ceux qui s'engraissent du trésor public. Quant aux colonies athéniennes, vous ne voyez pas que ce sont autant de pelotons séparés les uns des autres, sans lien commun ? Rassemblez-les soigneusement, dévidez-les ensemble, et faites-en une seule grosse pelote avec laquelle le peuple se tissera un manteau. Voilà comment les revenus des colonies, épars aujourd'hui, viendront tous au trésor.

LE MAGISTRAT

N'est-ce pas honteux d'entendre ces femmes parler de carder des pelotons de laine ? Mais c'est de la guerre qu'il s'agit, et vous n'y prenez aucune part.

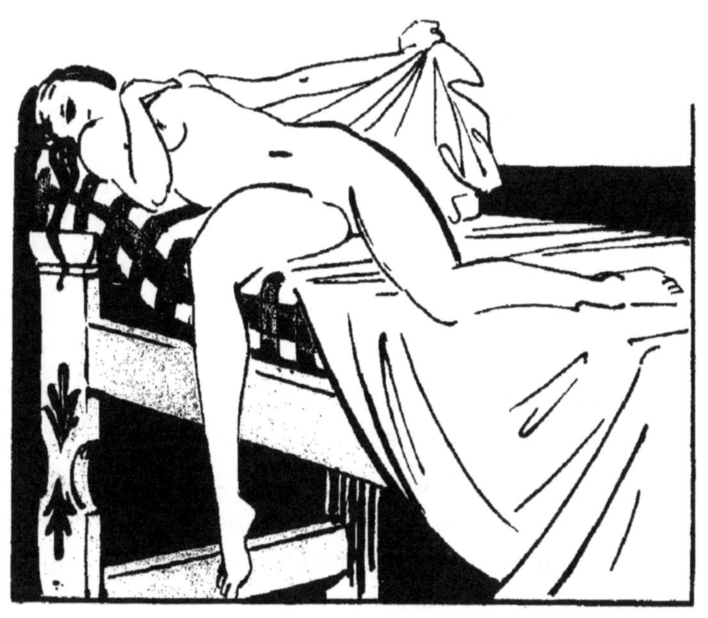

LYSISTRATA

Allons donc, scélératissime, nous en supportons doublement la charge. C'est nous qui faisons des enfants, et vous nous les prenez pour les envoyer se battre.

LE MAGISTRAT

Silence, ne réveille pas de tristes souvenirs.

LYSISTRATA

Et puis, quand nous voulons prendre quelque plaisir, jouir de notre jeunesse fleurie, nous devons coucher seules, nos hommes sont à l'armée. Mais ne parlons pas seulement des femmes mariées : je suis navrée de voir des jeunes filles qui vont vieillir en des lits solitaires.

LE MAGISTRAT

Et les hommes ne vieillissent-ils pas, eux aussi ?

LYSISTRATA

C'est bien différent. Lorsqu'il rentre de la guerre, un soldat, même s'il a des cheveux blancs, se hâte d'épouser une jeune fille. La femme, elle, n'a qu'une brève saison; si elle la laisse passer, nul ne veut plus d'elle, il ne lui reste qu'à consulter les oracles, sans trouver un homme.

LE MAGISTRAT

Mais il est des vieillards qui peuvent encore exhiber de belles virilités.

LYSISTRATA

Qu'attends-tu donc pour crever ? Il est temps que tu fasses de la place. Achète un cercueil, je vais te pétrir un gâteau au miel pour Cerbère. Tiens, prends cette couronne mortuaire, mets-la sur la tête.

PREMIÈRE FEMME

Voilà aussi des bandelettes.

DEUXIÈME FEMME

Et encore une couronne.

LYSISTRATA

Que te manque-t-il ? Que veux-tu encore ? Va dans la barque à Caron, le nautonier t'appelle, tu es en retard, il t'attend pour faire voile.

LE MAGISTRAT

Ce qu'il faut supporter ! Mais, par Zeus, je vais me rendre auprès de mes collègues, et me montrer à eux dans cet appareil ridicule.

LYSISTRATA

Tu te plains que nous n'ayons pas terminé les cérémonies mortuaires ? Patience, dans trois jours, au matin, nous viendrons faire les sacrifices traditionnels.

CHŒUR DE VIEILLARDS

Nul homme libre n'a plus le droit de s'endormir ; préparons-nous, guerriers, à nous défendre. Cette affaire m'a tout l'air de cacher de nombreux et graves périls. Cela vous a comme une odeur de la tyrannie d'Hippias. Je crains fort que les Laconiens, rassemblés ici, dans la maison de l'efféminé Clisthène, excitent ces femmes ennemies des dieux à s'emparer par ruse de notre trésor, nous privant ainsi du salaire qui nous faisait vivre. C'est une indignité de recevoir, nous citoyens, des reproches de pareils êtres; d'entendre ces misérables femmes parler de bouclier d'airain; de les voir, pour traiter de la paix, s'allier avec des Lacédémoniens auxquels on ne peut avoir plus de confiance qu'en des loups gloutons. Oui, mes compagnons, ces femmes enfilent des discours pour rétablir la tyrannie. Mais je ne me laisserai pas mener, je veillerai, je porterai une épée dissimulée sous un rameau de myrte, et je resterai en armes sur la place publique, au pied de la statue d'Aristogiton. C'est là que je me tiendrai; mais auparavant j'aurais plaisir à briser la mâchoire de cette maudite vieille.

CHŒUR DE FEMMES

Allez, rentrez chez vous; dans l'état où nous vous avons mis, vos parents mêmes ne vous reconnaîtront pas. Et nous, mes petites vieilles amies, débarrassons-nous de nos cruches. Citoyens, écoutez-moi, j'ai à vous dire des choses qui peuvent être profitables à cette cité que j'aime, car j'y ai vécu une jeunesse brillante. A peine âgée de sept ans, je portais les objets sacrés dans les processions; à dix ans, je préparais la farine pour les sacrifices divins; puis, vêtue d'une robe jaune flottante, j'ai été consacrée aux Brauronies en l'honneur d'Artémis. Enfin, devenue grande et belle, j'ai porté le collier de figues sèches des canéphores. Ne suis-je donc pas autorisée à donner à la cité d'utiles conseils, bien que je sois née du sexe féminin? Je n'ai aucune convoitise, je veux seulement remédier aux maux dont nous souffrons. Je paie mon écot au banquet de la vie, puisque je donne des hommes à la communauté. Mais vous, misérables vieillards, en quoi participez-vous aux charges publiques? Vous avez, au contraire, épuisé le trésor des aïeux, comme on l'appelait, ce trésor composé des dépouilles gagnées aux guerres médiques; et en retour vous ne payez aucun tribut. Oui, le péril est grave, nous risquons de périr par votre faute. Taisez-vous donc et laissez-nous faire... Si tu m'agaces, toi, je te brise les dents avec mon cothurne, il tapera dur.

CHŒUR DE VIEILLARDS

Quelle honte! L'outrage ne connaît plus de bornes. Allons, il faut réagir contre cette peste de femmes, si nous avons quelque chose entre les jambes. Enlevons notre tunique : un homme doit agir en homme et sentir l'homme. Quittons tous nos vêtements. Allons, les gars aux pieds nus, c'est nous qui jadis avons occupé Lipsydrion; retrouvons donc la vigueur de nos jeunes ans, ranimons notre corps, décrassons-le de sa vieillesse. Si nous offrons la moindre prise à ces harpies, elles ne nous feront grâce d'aucun supplice : ce sont elles qui fabriqueront des bateaux, elles qui voudront combattre dans les batailles navales, et contre nous, comme le fit Artémise à la bataille de Salamine. Et si elles se mettent à monter à cheval, nous n'avons plus qu'à rayer des cadres nos cavaliers; car la femme aime beaucoup l'équitation, elle se tient solidement en selle; même au galop, elle ne se laisse pas facilement démonter. Voyez les amazones, que le peintre Micon a représentées combattant à cheval contre des hommes... Allons, allons, il nous faut enfermer dans un carcan le cou de toutes ces mégères.

CHŒUR DE FEMMES

Par les déesses, si tu m'irrites, je vais mordre comme un cochon, et je t'assure que tu seras proprement étrillé, tu pourras appeler tes amis au secours. C'est à nous, mes amies, à nous déshabiller bien vite, comme eux, pour exhaler une odeur de femmes en furie. Qui de vous, les mâles, veut se mesurer avec moi? il n'aura plus bien longtemps à manger de l'ail et des fèves noires. Pas un mot de plus, je suis en rage : comme l'escarbot d'Ésope, qui jetait les œufs de l'aigle au bas du nid, je ferai la sage-femme, et je t'arracherai tes œufs de mâle. Je ne fais aucun cas de vos menaces, tant que Lampito est à mes côtés et que j'ai pour compagne la jeune et noble Thébaine, ma chère Isménie. Tu peux accumuler sept décrets l'un sur l'autre, tu perdras ton temps, ignoble individu que tous détestent, même tes voisins. Hier encore, quand je préparais les jeux en faveur d'Hécate, j'ai demandé une jeune fille du voisinage, amie de mes enfants, fine comme une belle et bonne anguille de

Béotie, ils ont refusé de me l'envoyer à cause de tes décrets. Et vous ne cesserez de prendre des décisions de ce genre jusqu'au jour où quelqu'un, d'un bon croc-en-jambe, vous aura jetés à terre.

Mais voici venir le chef de notre complot et notre meilleure conseillère. Lysistrata, tu sors du temple toute triste. Qu'as-tu ?

LYSISTRATA

Oh! ces misérables femmes! leur lâcheté, leur faiblesse me mettent sens dessus dessous.

CHŒUR DE FEMMES

Que dis-tu? que dis-tu?

LYSISTRATA

La vérité, hélas! la vérité.

CHŒUR DE FEMMES

Qu'y a-t-il de grave? dis-nous-le, nous sommes tes amies.

LYSISTRATA

C'est honteux à dire, mais difficile à taire.

CHŒUR DE FEMMES

Ne me cache rien, même le malheur qui nous menace.

LYSISTRATA

Les femmes sont en chaleur, voilà le mot.

CHŒUR DE FEMMES

Oh! Zeus!

LYSISTRATA

A quoi sert d'invoquer Zeus? C'est ainsi. Je ne peux plus obtenir qu'elles se privent de leurs hommes; elles me lâchent. La première que j'ai surprise creusait un trou près de l'autel de Pan pour s'évader; une autre se laissait glisser le long d'une poulie; une autre passait à l'ennemi; une autre se préparait à chevaucher un moineau pour s'envoler vers le lupanar d'Orsilochus. Je l'ai saisie par les cheveux et ramenée ici. Elles inventent mille prétextes pour rentrer chez elles. En voici une. Hé là, où cours-tu?

PREMIÈRE FEMME

Je veux retourner chez moi, j'ai à la maison de la laine de Milet que les vers vont ronger.

LYSISTRATA

Les vers? Reviendras-tu?

PREMIÈRE FEMME

Oui, au plus tôt, j'en jure par les déesses, dès que j'aurai étendu la laine sur mon lit.

LYSISTRATA

Ne l'étends pas et reste ici.

PREMIÈRE FEMME

Mais je vais perdre ma laine...

LYSISTRATA

Tant pis.

DEUXIÈME FEMME

Oh! oh! que je suis malheureuse! j'ai laissé chez moi une espèce de bobine de lin écarlate sans l'écorcer.

LYSISTRATA

En voilà une autre qui veut s'en aller pour écorcer sa bobine. Reste.

DEUXIÈME FEMME

Mais je le jure, par Artémis, déesse de la lumière, je reviendrai ici dès que j'aurai fini.

LYSISTRATA

Tu n'écorceras pas la bobine. Si tu t'en vas, une autre voudra en faire autant.

TROISIÈME FEMME

O déesse Ilythie, arrête les douleurs de mon enfantement pour que je puisse arriver jusqu'à un lieu profane où il soit licite d'accoucher.

LYSISTRATA

Tu radotes.

TROISIÈME FEMME

Non, je suis enceinte.

LYSISTRATA

Mais hier tu ne l'étais pas.

TROISIÈME FEMME

Je le suis aujourd'hui. Lysistrata, laisse-moi rentrer au plus vite à la maison pour consulter une sage-femme.

LYSISTRATA

Quelle histoire! Tiens, qu'as-tu là?

TROISIÈME FEMME

Un petit enfant mâle.

LYSISTRATA

Mais non, par Aphrodite, on dirait un vase d'airain. Fais voir. Oh! idiote, c'est un casque sacré, celui d'Athéna. Et tu te dis enceinte!

TROISIÈME FEMME

Mais oui, par Zeus, je le suis.

LYSISTRATA

Que faisais-tu donc de ce casque?

TROISIÈME FEMME

J'avais peur que l'accouchement me surprenne alors que j'étais encore dans la citadelle : je serais entrée dans ce casque pour accoucher, comme font les colombes.

LYSISTRATA

Allons donc, mauvaises raisons que tout cela! Tu peux attendre ici le jour où tu purifieras ton casque nouveau-né.

TROISIÈME FEMME

Mais je ne peux plus dormir dans la citadelle depuis que j'ai vu le serpent qui garde le temple.

QUATRIÈME FEMME

Et moi, malheureuse, je ne peux plus fermer l'œil à cause des chouettes qui ululent toute la nuit.

LYSISTRATA

O misérables, finissez-en avec tous ces contes. Ce sont vos hommes que vous voulez toutes. Et pensez-vous donc que nous ne leur manquons pas à eux? J'en suis sûre, ils passent des nuits atroces. Du courage, mes amies, tenez bon encore un peu. L'oracle l'a dit : nous triompherons s'il n'y a pas de discorde entre nous. Le voici, l'oracle.

CHŒUR DE FEMMES

Que dit-il?

LYSISTRATA

Silence. — « Quand les hirondelles s'agiteront et se rassembleront pour éviter les huppes de proie, quand elles renonceront au sexe viril, alors elles verront la fin de leurs maux, et Zeus au tonnerre retentissant mettra dessus ce qui était dessous... »

CHŒUR DE FEMMES

Oh! c'est nous qui serons dessus?

LYSISTRATA

« Mais si elles se désunissent, si les hirondelles s'envolent loin du temple sacré, alors on dira qu'il n'y a pas d'oiseau plus libidineux. »

CHŒUR DE FEMMES

Par Zeus, voilà un oracle très clair. O dieux, ne nous laissons pas accabler et décourager, rentrons. Il serait honteux, mes grandes chéries, que nous ne profitions pas des promesses de l'oracle.

CHŒUR DE VIEILLARDS

Je vais vous conter une fable que j'ai apprise tout enfant. Il était un jeune homme, nommé Mélanion, qui, pour fuir le mariage, se retira dans le désert, au milieu des montagnes. Là, il chassait des lièvres avec un chien, il tressait des filets. Et jamais il ne voulut rentrer, tant il avait horreur des femmes. Comme Mélanion, nous sommes et nous resterons chastes.

UN VIEILLARD

Viens, que je t'embrasse, petite vieille.

UNE FEMME

Oui, mais quand tu ne mangeras plus d'oignons, comme les soldats.

LE VIEILLARD

Je vais t'allonger les jambes et te frapper de mon sceptre viril.

LA FEMME

Oh! la belle forêt de poils que tu as là!

LE VIEILLARD

Myronide, le fameux général, était, lui aussi, poilu au même endroit; il avait le derrière tout noir, et tous les ennemis le redoutaient. Et Phormion, le généreux citoyen, c'était la même chose.

CHŒUR DE FEMMES

Je veux, à mon tour, vous conter une fable dans le genre de celle de Mélanion. Il y avait un certain Timon, misanthrope farouche, inabordable, comme s'il s'était entouré le corps de buissons d'épines, le digne rejeton d'une Furie. Ce Timon, par haine de l'humanité, s'éloigna du monde après avoir vomi des imprécations contre les êtres mâles. Oui, il haïssait les hommes parce qu'ils sont pervers, mais il adorait les femmes.

UNE FEMME (S'adressant à un vieillard qui la taquine.)

Veux-tu que je te casse la gueule?

UN VIEILLARD

Si tu crois que tu me fais peur!

LA FEMME

Je vais t'allonger un coup de pied!

LE VIEILLARD

Mais tu montreras tout, entre les jambes.

LA FEMME

Eh bien, tu verras que la petite vieille ne l'a pas poilu, mais tout frais épilé à la flamme d'une lampe.

LYSISTRATA

Hé là! hé là! mes amies, vite à mon secours!

PREMIÈRE FEMME

Qu'y a-t-il? qu'as-tu à crier ainsi?

LYSISTRATA

C'est un homme, oui, un mâle, que je vois s'approcher furieux, en proie à la rage d'amour. O déesse qui règnes sur Chypre, Cythère et Paphos, permets-nous de suivre le droit chemin, celui que tu nous as tracé.

PREMIÈRE FEMME

Où est-il? qui est-il?

LYSISTRATA

Il est près du temple de Déméter.

PREMIÈRE FEMME

Mais oui, par Zeus, le voilà. Qui cela peut-il être?

LYSISTRATA

Regardez. Quelqu'une de vous le connaît-elle?

MYRRHINE

Si je le connais! parbleu, c'est Cinésias, mon mari.

LYSISTRATA

A toi alors de le brûler à petit feu, de le bouleverser, de le torturer. Fais semblant de lui céder, mais ne te laisse pas faire; offre tout de toi, sauf ce que tu as promis de refuser. Rappelle-toi ton serment sur la coupe.

MYRRHINE

Ne t'inquiète pas, je ferai ce qu'il faut.

LYSISTRATA

Je reste à côté de toi, je t'aiderai à l'enflammer et à le duper. Vous autres, retirez-vous.

CINÉSIAS

Oh la la, que je souffre! J'ai une envie d'amour torturante, et je suis tendu, crucifié, tout comme si j'étais couché sur une roue en marche.

LYSISTRATA

Qui est-ce qui est là, auprès de nos gardes?

CINÉSIAS

C'est moi.

LYSISTRATA

Un homme?

CINÉSIAS

Eh oui, un homme.

LYSISTRATA

Éloigne-toi.

CINÉSIAS

Qui es-tu, toi qui me chasses?

LYSISTRATA

La sentinelle de jour.

CINÉSIAS

Au nom des dieux, fais venir Myrrhine.

LYSISTRATA

Que je fasse venir Myrrhine? Mais qui es-tu?

CINÉSIAS

Son mari, Cinésias, fils de Péon.

LYSISTRATA

Eh bonjour, très cher; nous connaissons bien ton nom, nous l'entendons assez souvent. Ta femme l'a toujours à la bouche. Quand elle prend un œuf ou une pomme, elle s'empresse de dire : voilà pour Cinésias.

CINÉSIAS

O dieux! que je suis content!

LYSISTRATA

C'est ainsi, par Aphrodite. Et si l'on vient à parler des hommes, bien vite ta femme dit : Peuh! il n'y a que Cinésias! Tout le reste, ça ne compte pas.

CINÉSIAS

Eh bien, appelle-la.

LYSISTRATA

Vrai? que me donneras-tu?

CINÉSIAS

Un beau morceau, si tu veux (geste priapique). C'est tout ce que j'ai, je te l'offre.

LYSISTRATA

Je vais descendre et appeler Myrrhine.

CINÉSIAS

Au plus vite. Ce n'est pas une vie que je mène depuis qu'elle a quitté la maison. Ça me dégoûte d'y rentrer : il me semble vivre dans un désert, je ne mange plus rien avec plaisir. Et puis j'ai une envie folle d'elle, de sa peau.

MYRRHINE

Je l'aime, je l'aime, mais il ne veut pas que je l'aime. Je n'irai pas le trouver.

CINÉSIAS

O Myrrhine, ma grande chérie, que dis-tu? Descends.

MYRRHINE

Non, par Zeus, je ne veux pas descendre.

CINÉSIAS

Je t'appelle, et tu ne descends pas, Myrrhine?

MYRRHINE

Tu m'appelles, mais tu ne veux pas de moi.

CINÉSIAS

Je ne veux pas de toi? Mais tu ne vois donc pas combien je suis raide!

MYRRHINE

Je m'en vais.

CINÉSIAS

Oh! non, je t'en supplie. Viens au moins embrasser ton enfant. Petit, appelle ta maman.

L'ENFANT

Maman, maman, maman!

CINÉSIAS

Eh quoi! tu n'as pas pitié de ce gosse que depuis six jours tu n'as pas lavé, et qui demande le sein.

MYRRHINE

Si, j'en ai pitié, mais son père n'en a aucun soin.

CINÉSIAS

Descends, mon petit démon, descends pour ton gosse.

MYRRHINE

Hélas! quel malheur d'être mère! Il faut que j'y aille.

CINÉSIAS

Elle me semble encore plus jeune et plus séduisante. C'est drôle, plus elle se refuse, plus elle me repousse, et plus elle excite mon désir.

MYRRHINE

O le petit gosse chéri d'un père méchant! Viens, que je t'embrasse, le délice à sa maman!

CINÉSIAS

Pourquoi, vilaine, agir ainsi, écouter les autres femmes et me faire de la peine, et te chagriner aussi?

MYRRHINE

Bas les pattes!

CINÉSIAS

Tout va mal à la maison.

MYRRHINE

Ça m'est égal.

CINÉSIAS

Ça t'est égal aussi, que les poules déchiquètent tes tissus ?

MYRRHINE

Oui, par Zeus.

CINÉSIAS

Et les mystères d'Aphrodite, que tu n'as pas célébrés depuis si longtemps ! Tu ne veux pas recommencer ?

MYRRHINE

Non, non, tant que vous n'aurez pas fait la paix, par un bon traité en forme.

CINÉSIAS

Oh! si cela peut t'être agréable, nous la ferons.

MYRRHINE

Eh bien, alors, je reviendrai à la maison. J'ai fait le serment de ne pas rentrer avant.

CINÉSIAS

Mais au moins viens te coucher un peu à mes côtés.

MYRRHINE

Ah! non. Et pourtant je t'aime beaucoup.

CINÉSIAS

Tu m'aimes et tu ne veux pas coucher avec moi, ma petite Myrrhine?

MYRRHINE

Tu plaisantes, devant cet enfant?

CINESIAS

Par Zeus, tu as raison. Tiens, Manès, emporte le gosse chez nous. Le voilà parti, viens-tu te coucher?

MYRRHINE

Mais malheureux, où cela?

CINÉSIAS

Près du sanctuaire de Pan, ma belle.

MYRRHINE

Mais comment pourrai-je me purifier... après, pour rentrer à la citadelle?

CINÉSIAS

Oh! très facilement, tu te laveras à la source de la Clepsydre.

MYRRHINE

Et mon serment? Je vais me parjurer, malheureux.

CINÉSIAS

Que toute la faute retombe sur moi; ne te préoccupe pas de ton serment.

MYRRHINE

Allons, je vais chercher un lit.

CINÉSIAS

Inutile, nous coucherons par terre.

MYRRHINE

Par Apollon, tu as beau être excité, je ne veux pas que tu couches par terre.

CINÉSIAS

Oh! comme elle m'aime, ma femme!

MYRRHINE

Tiens, voici un lit, couche-toi vite, je vais me déshabiller. Mais, horreur! il n'y a pas de natte.

CINÉSIAS

Pas besoin de natte, je n'en veux pas.

MYRRHINE

Par Artémis, c'est une honte de coucher sur des sangles.

CINÉSIAS

Laisse-moi t'embrasser.

MYRRHINE

Tiens.

CINÉSIAS

Au nom des dieux, reviens bien vite.

MYRRHINE

Voilà une natte. Couche-toi, je me déshabille. Ah! misère, tu n'as pas d'oreiller.

CINÉSIAS

Oh! je n'en ai pas besoin.

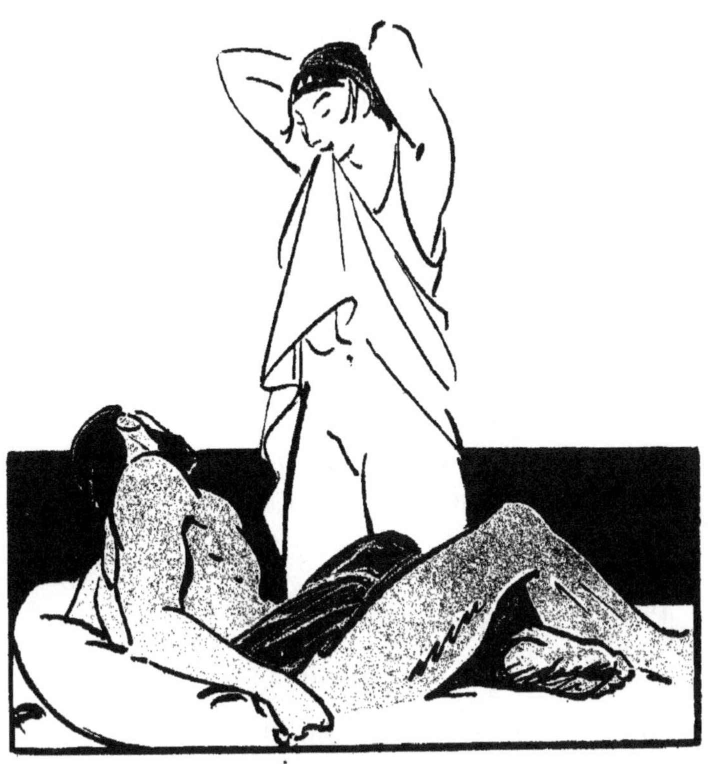

MYRRHINE

Mais moi j'en veux un.

CINÉSIAS

Hélas! ce pauvre bijou qui a si faim de toi, tu le traites comme au banquet d'Héraclès, où l'on attend toujours les mets promis.

MYRRHINE

Voici un oreiller, soulève-toi.

CINÉSIAS

J'ai tout ce qu'il me faut.

MYRRHINE

Bien vrai ? tout ?

CINÉSIAS

Viens, ma petite femme en or.

MYRRHINE

J'enlève ma ceinture. Mais n'oublie pas de tenir ta parole et de faire la paix.

CINÉSIAS

Par Zeus, plutôt la mort que d'y manquer.

MYRRHINE

Mais tu n'as pas de couverture !

CINÉSIAS

Aucun besoin, par Zeus. C'est toi toute que je veux.

MYRRHINE

Sois tranquille, tu m'auras, je reviens tout de suite.

CINÉSIAS

Oh ! cette femme me fera mourir avec ses couvertures.

MYRRHINE

Tiens, voilà une couverture, lève-toi.

CINÉSIAS

Mais, tu vois, je suis tout levé.

MYRRHINE

Veux-tu que je te parfume?

CINÉSIAS

Oh! non, par Apollon, non.

MYRRHINE

Par Aphrodite, que tu le veuilles ou non, je te parfumerai.

CINÉSIAS

O souverain Zeus, que n'a-t-elle laissé couler tout ce parfum?

MYRRHINE

Tends la main, tiens, parfume-toi.

CINÉSIAS

Par Apollon, il n'est pas exquis, ce parfum; peut-être en frottant... mais, vrai, il ne sent pas le baiser conjugal.

MYRRHINE

Malheureuse que je suis! c'est du mauvais parfum de Rhodes que j'ai apporté.

CINÉSIAS

Ça va bien, laisse, laisse, mon petit démon.

MYRRHINE

Tu plaisantes?

CINÉSIAS

Qu'il aille au diable, celui qui le premier a cuisiné un parfum!

MYRRHINE

Tiens, prends ce flacon.

CINÉSIAS

J'en ai un autre à ton service, et bien plein. Allons, vilaine, couche-toi, et ne m'apporte plus rien.

MYRRHINE

C'est ce que je vais faire, par Artémis! J'enlève mes sandales. Mais, mon petit chéri, songe à ce que tu m'as promis; tu feras la paix?

CINÉSIAS

Je ne l'oublierai pas. (Myrrhine part.) Ma femme m'a bouleversé, m'a tué, elle me laisse le corps tout écorché de désirs. Hélas! que faire? qui baiser? J'allais jouir de la plus belle des femmes, elle me laisse en plan. Que vais-je pouvoir te servir, mon pauvre priape? Où est Cynalopex le maquereau? Vite, vite, une putain.

CHŒUR DE VIEILLARDS

Malheureux, tu souffres des maux infinis, et ton cœur est angoissé. J'ai pitié de toi. Hélas! hélas! quels reins pourraient supporter de pareils jeux! quelles bourses viriles, quel priape tendu y résisterait... Rien pour se soulager, au matin.

CINÉSIAS

O Zeus, quelles cruelles convulsions!

CHŒUR DE VIEILLARDS

Voilà ce qu'elle a fait de toi, cette criminelle, cette coquine!

CINÉSIAS

Par Zeus, dis plutôt cette chérie, cette mignonne.

CHŒUR DE VIEILLARDS

Comment dis-tu, cette mignonne? Non, non, une ignoble scélérate. O Zeus! O Zeus! envoie un tourbillon

de vent qui la fasse tourner et rouler comme un fétu de paille, la secoue, la balance dans les airs et la rejette sur la terre, pour la laisser retomber et empaler sur le bel engin d'un mâle qui la pénétrera!

UN HÉRAUT

Où est le sénat athénien? où sont les prytanes? J'ai du nouveau à leur apprendre.

LE MAGISTRAT

Et toi, qui es-tu ? Un homme, ou Priape-Konissalos ?

LE HÉRAUT

Je suis un héraut, idiot, j'en atteste les divins frères. Je viens de Sparte pour parler réconciliation.

LE MAGISTRAT

Et tu viens ici portant sous le manteau une lance qui ressemble au sexe d'un mâle ?

LE HÉRAUT

Mais non, mais non.

LE MAGISTRAT

Qu'as-tu donc à te tourner et à te retourner ? Pourquoi te couvres-tu de ta chlamyde ? As-tu attrapé en chemin des tumeurs dans l'aine ?

LE HÉRAUT

Par Castor, cet individu est toqué.

LE MAGISTRAT

Vil débauché, tu l'as en l'air...

LE HÉRAUT

Mais non, par Zeus, pas de plaisanterie.

LE MAGISTRAT

Qu'as-tu donc là, qui pointe ?

LE HÉRAUT

C'est le bâton de Lacédémone pour enrouler les messages.

LE MAGISTRAT

Vraiment, c'est l'étui aux messages de Lacédémone? Allons donc, je sais ce qu'il en est. Franchement, comment cela va-t-il à Lacédémone?

LE HÉRAUT

Tout est en l'air, tous les alliés sont en chaleur. Il nous faut une courtisane, une Pellène.

LE MAGISTRAT

D'où vous vient donc cette misère? De la colère de Pan, le dieu lubrique?

LE HÉRAUT

Non. C'est Lampito, je crois, qui en est la cause. A son exemple, et au même instant, toutes les femmes de Sparte ont refusé tout baiser à leurs hommes.

LE MAGISTRAT

Que devenez-vous?

LE HÉRAUT

Nous sommes à bout; nous allons par la ville tout courbés, comme si nous portions des lanternes. Les

femmes ne veulent même pas que nous leur touchions les cuisses avant que, d'une seule voix, nous ayons conclu la paix avec la Grèce.

LE MAGISTRAT

C'est donc une conspiration des femmes dans tout le pays; je commence à comprendre. Mais tout d'abord va dire à tes compatriotes qu'ils envoient ici des ambassadeurs munis de pleins pouvoirs pour traiter de la paix. Je parlerai de mon côté au Sénat pour qu'il désigne lui aussi des ambassadeurs, et je leur montrerai ce sceptre bien rigide. Quel bel argument!

LE HÉRAUT

A merveille. Je cours.

CHŒUR DE VIEILLARDS

Il n'y a pas d'animal féroce plus difficile à dompter que la femme, pas de feu plus terrible, pas de panthère plus impudente.

CHŒUR DE FEMMES

Tu finis par le comprendre, et pourtant tu me fais la guerre, alors que, méchant, tu pourrais avoir en moi une amie sûre.

CHŒUR DE VIEILLARDS

Jamais je ne cesserai de haïr les femmes.

CHŒUR DE FEMMES

A ton aise, mais je ne veux pas que tu restes ainsi tout nu. Tu ne vois donc pas combien tu es grotesque? Laisse-moi faire, je vais te recouvrir d'une tunique.

CHŒUR DE VIEILLARDS

Par Zeus, tu as un peu raison; c'est dans ma colère que je m'étais dévêtu.

CHŒUR DE FEMMES

Voilà, comme ça tu as l'air d'un homme, et puis tu n'es plus ridicule. Et si tu n'étais pas aussi mal luné, j'enlèverais cette petite bête que tu as sur l'œil.

CHŒUR DE VIEILLARDS

C'était donc cette bestiole qui me piquait! Enlève-la avec cet anneau, et montre-la-moi. Oh! par Zeus, elle me mordille l'œil.

CHŒUR DE FEMMES

Soit, tu es pourtant un homme bien désagréable. O Zeus! quel gros moucheron tu avais sur toi! Regarde, il vient certainement des marais de Tricoryse.

CHŒUR DE VIEILLARDS

Ah! tu m'as soulagé; cet animal creusait sur moi des trous comme s'il ouvrait des puits. Et maintenant que tu l'as enlevé, j'ai l'œil tout larmoyant.

CHŒUR DE FEMMES

Je vais t'arranger ça, méchant, et même t'embrasser.

CHŒUR DE VIEILLARDS

Non, pas de baiser.

CHŒUR DE FEMMES

Bon gré, mal gré, je t'embrasserai.

CHŒUR DE VIEILLARDS

Ah ! coquines, comme vous savez nous endormir et nous tromper avec vos caresses ! C'est bien à raison qu'on a dit : « Rien à faire avec ces pestes pestissimes, mais rien à faire, hélas ! sans ces misérables ! » Enfin, faisons la paix, je ne vous ferai plus de mal, vous ne m'en ferez plus ; et chantons en chœur.

CHŒUR DE FEMMES

Nous n'avons aucune envie, citoyens, de dire le moindre mal de personne ; bien au contraire nous voulons être bien avec tous et faire beaucoup de bien. Le mal présent nous suffit amplement. Si quelqu'un, homme ou femme, a besoin d'argent, nous tenons à sa disposition deux ou trois mines, car nous avons beaucoup d'argent dans nos bourses. Et puis, quand la paix sera faite, les emprunteurs n'auront rien à rendre. Mais nous voulons régaler aussi quelques débauchés Carystiens, des gens très bien. Nous avons encore un peu de purée de légumes et un petit cochon de lait que nous venons d'immoler. Vous ne manquerez pas de chair fraîche et tendre. Venez donc aujourd'hui chez nous; mais d'abord allez prendre un bain, vous et vos enfants. Puis vous viendrez sans demander rien à personne, vous entrerez tout droit, comme chez vous, et... vous trouverez porte close.

CHŒUR DE VIEILLARDS

Voici venir des ambassadeurs de Sparte, aux longues barbes; avec leurs manteaux arrondis, on dirait qu'ils ont une cage d'osier attachée autour des cuisses.

Salut, Laconiens, dites-nous comment vous vous portez.

UN LACONIEN

A quoi bon des paroles inutiles? Il est aisé de voir en quel piteux état nous sommes.

CHŒUR DE VIEILLARDS

Oh! oh! les choses se tendent de plus en plus; l'atmosphère devient de plus en plus ardente.

UN ATHÉNIEN

C'est à n'y pas croire. Toute parole est vaine. Il faut conclure au plus tôt la paix, celle que vous voudrez.

CHŒUR DE VIEILLARDS

Hélas! je vois nos concitoyens travaillés de la même chaleur : comme des lutteurs, ils ne supportent plus de manteaux sur le corps. Il ne peut exister qu'un remède à ce mal... quelques bons exercices.

UN ATHÉNIEN

Qui peut nous dire où est Lysistrata? Nous sommes des hommes, nous aussi, et dans quel état! comme les Laconiens.

CHŒUR DE VIEILLARDS

Vous êtes tous atteints de la même maladie. Vous, les Athéniens, l'envie des femmes ne vous prend-elle pas, au réveil?

UN ATHÉNIEN

Par Zeus, nous crevons de désirs inassouvis. Si on ne réussit pas à établir la paix au plus tôt, rien ne saurait nous empêcher de nous satisfaire sur Clisthène l'efféminé.

CHŒUR DE VIEILLARDS

Calmez-vous et reprenez vos habits : vous pourriez avoir à faire à ces misérables qui mutilent les statues bien membrées des Hermès. S'ils vous apercevaient...

UN ATHÉNIEN

C'est vrai, par Zeus.

UN LACONIEN

Oui, bons dieux, remettons nos tuniques.

UN ATHÉNIEN

Salut, Laconiens! Dans quel piteux état nous nous présentons!

UN LACONIEN

Oh! très cher, quelle honte si ces gens nous avaient vus tout à l'heure, bien en l'air...

UN ATHÉNIEN

Allons, Laconiens, parlons franc, qu'êtes-vous venus faire ?

UN LACONIEN

Traiter de la paix.

UN ATHÉNIEN

Bien, nous aussi; que n'appelons-nous Lysistrata? Elle est seule capable de nous mettre d'accord.

UN LACONIEN

Oui, par les divins frères, et même, si vous voulez, Lysistratos... tout ce qui peut mettre fin à la guerre.

CHŒUR DE VIEILLARDS

Pas besoin, je crois, de l'appeler; elle vous a entendus, la voici.

Salut, la plus courageuse des femmes; nous attendons de toi que tu sois à la fois énergique et bonne, perverse et digne, douce et rusée. Les plus distingués des Grecs, pris à tes charmes, se livrent à toi, et d'un commun accord te confient le soin de terminer leurs querelles.

La chose n'offre aucune difficulté si vous êtes de bonne foi et si vraiment vous recherchez la paix avec passion. Je le saurai bien vite. Où est la Paix? Allez d'abord chercher les Laconiens, et amenez-les-moi; pas de rudesse, pas de morgue, et rien de cette brutalité avec laquelle nos maris avaient jadis éconduit les ambassadeurs. Allez-y au contraire tout à fait amicalement, comme il sied à des femmes. Si quelqu'un d'entre eux refuse de vous donner la main, saisissez-le par ses attributs virils. Amenez aussi les Athéniens, prenez-les par où vous pourrez.

Vous, les Laconiens, venez auprès de moi; vous, Athéniens, tenez-vous là-bas et écoutez-moi bien. Je ne suis qu'une femme, mais j'ai du bon sens; la nature avant tout m'a douée d'un jugement sain. Puis, grâce à l'éducation que j'ai reçue de mon père et d'hommes sages, j'ai développé mes dons naturels. Je vous adresse un reproche que tous vous méritez bien. Vous allez, c'est vrai, répandre l'eau lustrale devant les autels, comme si vous étiez tous de la même famille, des frères. Vous célébrez les cérémonies en commun à Olympie, à Pyles, à Delphes, et dans vingt autres lieux que je pourrais rappeler si je ne voulais être brève. Et puis, au moment où les barbares vous menacent, vous recrutez des armées pour anéantir et la Grèce et ses cités. Voilà d'abord ce qui me vient à la pensée.

UN ATHÉNIEN

Oh! que j'ai envie d'une femme!

LYSISTRATA

A vous, maintenant, les Laconiens. Vous savez qu'un jour Périclide, votre compatriote, vint ici à la tête de l'ambassade lacédémonienne, s'approcha des autels comme un suppliant, pâle sous son manteau de pourpre, et sollicita l'envoi de troupes auxiliaires. Alors en effet Messène s'acharnait après vous, et Poseidon lui-même secouait la terre de tremblements inquiétants. Mais Cimon partit d'ici avec quatre mille soldats et sauva toute la Laconie. Voilà les bienfaits que vous avez reçus des Athéniens, et vous ravagez son territoire. Est-ce bien?

UN ATHÉNIEN

Par Zeus, ils se conduisirent bien mal, Lysistrata.

UN LACONIEN

C'est vrai, nous avons tort; mais que tu as de belles fesses, grands dieux!

LYSISTRATA

Et vous, les Athéniens, pensez-vous que j'aie fini de vous en conter? Souvenez-vous que jadis, lorsque vous étiez vêtus de tuniques d'esclaves, les Laconiens

à leur tour sont venus en armes, ont mis à mort nombre de Thessaliens et de partisans du tyran Hippias. Seuls ils sont venus à votre secours en cette circonstance; et, après vous avoir ainsi rendu la liberté, ils ont remplacé la tunique d'esclave du peuple par le manteau de l'homme libre.

UN LACONIEN

Quelle femme remarquable!

UN ATHÉNIEN

Et quels appas entre ses jambes!

LYSISTRATA

Pourquoi donc vous combattez-vous, après tant et de si illustres hauts faits? Pourquoi ne cessez-vous pas des querelles criminelles? Pourquoi ne vous réconciliez-vous pas? Allons, dites, qu'est-ce qui s'y oppose?

UN LACONIEN

Nous ne demandons pas mieux si l'on veut nous rendre l'enceinte qui nous protège.

LYSISTRATA

Laquelle, mon bon?

UN LACONIEN

Pylos, que nous avons toujours désirée et réclamée.

UN ATHÉNIEN

Par Poseidon, vous ne l'aurez jamais.

LYSISTRATA

Allons, cédez Pylos, mes bons amis.

UN ATHÉNIEN

Quelle cité nous restera-t-il donc pour y porter le trouble?

LYSISTRATA

Eh bien, échangez cette place forte contre une autre.

UN ATHÉNIEN

Soit, donnez-nous alors Echinos et le golfe Maliaque avec les jambes de Mégare qui le relient à la mer.

UN LACONIEN

Par les deux frères divins, pas tout ça, mon brave.

LYSISTRATA

Allons, vous n'allez pas vous disputer pour une paire de jambes.

UN ATHÉNIEN

Oh! qu'il me tarde de me mettre tout nu et de labourer un beau champ!

UN LACONIEN

Et moi, par les divinités, qu'il me tarde d'y porter du fumier!

LYSISTRATA

Vous pourrez le faire dès que la paix sera conclue. Allons, si vous êtes d'accord, décidez et allez en parler aux alliés.

UN ATHÉNIEN

A quels alliés, ma chérie? Nous avons envie de goûter de vos baisers. Est-ce qu'ils ne comprendront pas, les alliés, que tous nous voulons faire l'amour?

UN LACONIEN

Par les divinités, nous sommes tous du même avis.

UN ATHÉNIEN

Oui, par Zeus, même et surtout ces débauchés de Caristhiens.

LYSISTRATA

Parfait. Et maintenant veillez à vous purifier pour que les femmes puissent vous accueillir au festin dans la citadelle. Nous vous donnerons tout ce que nous avons dans nos paniers. Vous recouvrerez vos femmes, et chacun de vous amènera sa chacune.

UN ATHÉNIEN

Allons-y au plus vite.

UN LACONIEN

Nous te suivons.

UN ATHÉNIEN

Allons, par Zeus, et rapidement.

CHŒUR DE FEMMES

Et les couvertures de lit aux couleurs bigarrées, et les manteaux, et les robes d'étoffe fine, et les objets d'or, tout ce qui m'appartient, j'offre tout à tous, sans hésitation. Emportez tout pour vos enfants, pour vos filles quand elles seront canéphores. Je vous le dis à tous, prenez tout ce que j'ai chez moi. Rien n'est si fortement enfermé que vous ne puissiez enlever les sceaux de cire et tout emporter. Quand vous aurez bien regardé partout... vous ne trouverez rien, à moins que vous n'ayez meilleure vue que moi. Et si quelqu'un ne peut donner à manger à ses esclaves et à ses nombreux petits enfants, il pourra me demander des céréales pilées; il y a chez moi un gros pain de douze livres, vous verrez. Les pauvres peuvent venir à la maison avec des sacs et des besaces, Manès, mon esclave, leur donnera du blé. Pourtant, que personne n'approche de ma porte, croyez-moi, et gare au chien!

(Des promeneurs entrent en scène.)

UN PROMENEUR

Ouvre-moi la porte.

UN ESCLAVE

Passe ton chemin. Eh bien, voilà qu'ils s'asseyent là! Voulez-vous que je vous brûle avec mon flambeau? Vous en avez, de l'audace, de vouloir entrer ici.

LE PROMENEUR

Je ne m'en irai pas.

UN ESCLAVE

Puisqu'il faut le faire pour vous être agréable, j'irai jusqu'au bout.

LE PROMENEUR

Eh bien, allons-y.

L'ESCLAVE

Vous en irez-vous? Vous allez avoir mal aux cheveux et verser des larmes amères. Si vous restez là, vous empêcherez les Laconiens de sortir du banquet, où ils se sont bien repus.

(Un Athénien sort de la salle du banquet.)

L'ATHÉNIEN

Drôle de banquet, je n'en ai jamais vu de pareil. Les Laconiens étaient plaisants; et nous, plus nous buvions, plus nous étions sages.

CHŒUR DES VIEILLARDS

Tu dis bien, nous faisons les fous quand nous sommes à sec. Si les Athéniens m'en croyaient, nous attendrions d'être ivres pour aller traiter d'affaires en ambassade. Chaque fois que nous allons à Lacédémone sans avoir bu, nous cherchons les moyens de brouiller les cartes. Nous n'écoutons même pas ce qu'on nous dit; ce qu'on ne nous dit pas nous inspire des soupçons, et nous rendons compte des choses tout à rebours. Tandis qu'aujourd'hui nous voyons tout en rose. Si quelqu'un se mettait à chanter les chansons guerrières de Télamon au lieu des chansons érotiques de Clitagoras, nous applaudirions tout de même, et nous serions capables de nous parjurer.

L'ESCLAVE

Voilà ces rôdeurs qui reviennent. Allez-vous-en, vauriens bons à fouetter.

LE PROMENEUR

Oui, par Zeus, voilà les convives qui sortent.

UN LACONIEN (A un jeune joueur de flûte.)

O mon petit, prends un instrument à vent, je veux danser la dipodie et chanter de jolis airs en l'honneur des Athéniens et de nous-mêmes.

UN ATHÉNIEN

Au nom des dieux, prends donc l'instrument, j'aurai grand plaisir à les voir danser.

CHŒUR DE LACONIENS

O Mnémosyne, inspire ces jeunes garçons, inspire ma Muse qui connaît nos actions d'éclat et celles des Athéniens. Ces derniers, tels des dieux, s'élancèrent à Artémisium contre la flotte ennemie et défirent les Mèdes. Et nous, que conduisait Léonidas, nous aiguisions nos défenses comme des sangliers. La sueur coulait en abondance autour du visage et aussi sur les jambes. Les Perses en effet étaient en nombre infini, comme des grains de sable. Artémis, puissante chasseresse des forêts, viens à notre aide, vierge divine, inspire notre traité d'alliance, fais que notre entente dure longtemps. Que désormais persiste une amitié féconde à la suite de ce traité de paix; et renonçons à nous conduire comme des renards fourbes. Assiste-nous, assiste-nous, ô vierge chasseresse.

LYSISTRATA

Allez, maintenant que tout va bien, emmenez vos femmes, Laconiens, et vous, Athéniens, les vôtres. Le mari vivra auprès de sa femme, la femme auprès de son mari. Le bonheur ainsi obtenu, nous le célébrerons par des chœurs de danses en l'honneur des dieux, et désormais nous éviterons de retomber dans les mêmes erreurs.

CHŒUR D'ATHÉNIENS

En avant, le chœur, en avant les grâces, invoquons Artémis ; invoquons aussi Apollon, son frère jumeau, qui conduit les chœurs avec de beaux chants, et Dionysos, le dieu de Nysa, dont les yeux lancent la flamme lorsqu'il danse au milieu des Ménades ; et Zeus, le maître du tonnerre ; et Junon sa bienheureuse, sa vénérée épouse ; et puis les autres dieux, tous témoins, ne l'oublions pas, de cette paix splendide conclue sous les auspices d'Aphrodite, déesse de Chypre. Alala ! Io Péan, dansez, sautez, io, io, célébrez la victoire. Evohé ! Evohé ! Evohé ! Laconien, à ton tour, fais-nous entendre un nouveau chant.

CHŒUR DES LACONIENS

Quitte le gracieux sommet du Taygète et reviens vers nous, Muse de Laconie, pour célébrer Apollon, le dieu vénérable d'Amyclée, et Athéna Chalcièque, et les vaillants fils de Tyndare, qui jouent sur les bords de l'Eurotas. Allons, avance, allons, lance les pieds avec légèreté, célébrons Sparte qui aime les chœurs en l'honneur des dieux et les jambes qui se trémoussent. Les jeunes filles dansent au bord du fleuve comme de jeunes cavales, frappant le sol de leurs pieds agiles, secouant leurs chevelures comme des bacchantes qui jouent avec les thyrses. En tête la belle et chaste fille de Léda conduit le chœur. Allons, enlace dans des bandelettes les cheveux flottants, et saute comme une biche; ranime la danse en frappant des mains, et célèbre la plus vaillante des déesses, Athéna la Chalciéque, qui préside aux combats.

CET OUVRAGE, LE TREIZIÈME DE LA COLLECTION "LE LIVRE DU BIBLIOPHILE" A ÉTÉ ACHEVÉ D'IMPRIMER PAR R. COULOUMA, MAITRE IMPRIMEUR A ARGENTEUIL, H. BARTHÉLEMY ÉTANT DIRECTEUR, LE DEUX AVRIL MIL NEUF CENT VINGT-HUIT.

www.ingramcontent.com/pod-product-compliance
Lightning Source LLC
LaVergne TN
LVHW012022220826
846092LV00001B/448